AF612106

LES

PENSERS DU SOIR

Ye 11658

EDMOND BADIN.

LES

PENSERS DU SOIR

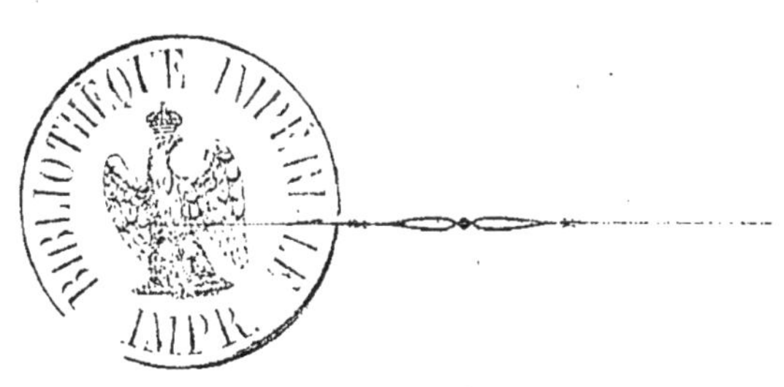

PARIS
IMPRIMERIE DE A.-E. ROCHETTE,
RUE D'ASSAS, 22

1862

A MA MÈRE.

Dans mes loisirs j'ai eu quelques pensers, reçois-les,
ma chère Mère,
comme un témoignage d'amour filial.

ED. B.

LES PENSERS DU SOIR.

SUR DES FLEURS FLÉTRIES

—

C'était un soir de bal qu'elle m'avait donné
Au milieu d'une valse entraînante et joyeuse
Ce pâle et doux bouquet que le temps a fané
    Et dont mon âme est orgueilleuse.

Pauvres fleurs, comme vous sans doute je mourrai,
Et nul regrettera ma mort; car, dans ce monde,
Malheureux voyageur, je me suis égaré,
    Et seule la douleur m'inonde.

Il ne me restait plus qu'un riant souvenir,
Il vient de s'envoler à jamais de mon âme;
Qu'il parte donc, mon cœur las de toujours souffrir
    Oublîra ce bijou de femme.

Paris.

SOURIEZ

—

A MISS LUCY

—

L'Amour naît d'un sourire et meurt par une larme;
Souriez, belle enfant aux longs cheveux dorés,
Votre air simple et naïf nous enchante et nous charme,
Les anges sont jaloux de vos yeux azurés.

Souriez, votre mère est heureuse et fière
De posséder au monde un trésor comme vous;
Dieu, qui vous a bénie, accueille la prière
Qu'elle fait chaque soir pour vous à deux genoux.

Souriez, votre vie a toujours été folle,
Jamais une douleur n'a blessé votre cœur;
Sous chacun de vos pas l'Espérance s'envole,
Et vous la poursuivez encore sans terreur.

Souriez, souriez en chantant à ce monde
Qui ne vit que de mal et qui meurt de plaisir,
Vous ne connaissez pas une peine profonde,
Vos yeux n'ont point pleuré, vous ne savez souffrir.

Brighton.

A MISS LUCY

SONNET

Pourquoi ce front pensif et ce regard sevère
Et ces pleurs que je vois rouler dans vos beaux yeux,
Quand la brise du soir balançant vos cheveux
Passe, et dans un baiser vous dit gaîment : — Espère!

Croyez-moi, la douleur est souvent éphémère,
Dieu n'abandonne pas les êtres malheureux;
Il veille constamment sur nous du haut des cieux,
Et sa bonté toujours soulage la misère.

Vous êtes jeune, aimée, adorée; aimez donc,
Et ne vous laissez pas aller à l'abandon
Sur cette mer immense où tout n'est que folie.

Souriez sans frayeur, chantez avec espoir,
Et vous verrez un jour que votre désespoir
Etait même la mort de votre rêverie.

Brighton.

A MONSIEUR P. C...

—

SONNET

—

Ami, te souviens-tu des folles causeries
Que nous jetions au vent par les beaux soirs d'été,
Quand nous nous en allions par les fraîches prairies
Respirer en chantant l'air de la liberté?

Te souviens-tu, dis-moi, de ces lèvres chéries,
Pâles sous tes baisers d'ardente volupté,
De ces soupirs charmants et de ces rêveries
Chastes comme l'Amour dans sa virginité?

Oh! oui, tu t'en souviens de ces heures passées,
Et vers elles toujours s'envolent tes pensées,
Pauvre ami, comme moi délaissé du bonheur!

Mais va, si trop souvent et trop vite s'achève
Le doux songe idéal brisé par la douleur,
Mon amitié sincère au moins n'est pas un rêve.

Tréport.

AU BORD DE LA MER

—

Comme la mer est belle et comme l'air est doux,
Enfant; oh! laisse encor ton front sur mes genoux,
Laisse-moi t'admirer et chercher dans ton âme
Tous les parfums d'amour que possède une femme;
Car, vois-tu, mon cher ange, il faut que notre cœur
S'épanche, sans jamais laisser fuir le bonheur;
Il faut qu'un pur esprit s'unisse à nos pensées,
Qu'il recueille en un jour nos angoisses passées,
Comme le malheureux, sur un sol désolé,
Recueille en souriant un pauvre épi de blé.
Je t'aime, vois-tu bien, beaucoup plus que la vie;
Et si dans mon cerveau flotte encore une envie,
C'est de mourir, enfant, dans un dernier baiser
Que tes lèvres viendront sur les miennes poser.
Oh! reste, reste encor, je possède le monde
Quand j'ai sur mes genoux ta fraîche tête blonde,
Et mon âme au Seigneur donnant tout son espoir,
Lui demande de rendre éternel ce beau soir.
Regarde cette mer et cet espace immense,
Ces falaises, ces rocs, ce flot qui se balance;
Vois aussi cette barque aux mâts fiers et charmants,
Et dis-moi si jamais deux anges, deux amants,

Deux âmes et deux cœurs que Dieu chérit et veille,
Après avoir chanté pendant que tout sommeille,
Ont trouvé sur la terre un plus riant séjour,
Un Eden plus parfait pour se parler d'amour.

Tréport.

—

SONNET

—

Ne l'avez-vous pas vue, Esta, ma charmeresse,
Avec ses grands yeux noirs et ses cheveux cendrés,
Pâle comme l'Amour, les regards égarés,
Dans un monde idéal où l'on vit sans tristesse?

Ne connaissez-vous pas sa voix enchanteresse,
Ses bras ronds et charmants, légèrement marbrés,
Et ses seins bondissants, blancs, roses et cambrés
Comme ceux d'une ardente et folle pécheresse?

Oui, vous la connaissez, vous l'avez vue au bal
Avec un air tremblant, pensif et virginal,
Et des camélias à sa taille de saule.

Vous avez vu son bras au vôtre s'attacher,
Et vous avez souvent effleuré son épaule,
Mais vos lèvres jamais n'ont osé la toucher.

Tirlancourt.

FANTASIA.

—

SONNET

—

A cheval sur la mode et d'humeur vagabonde,
Sans savoir où je vais, je vis en bon bourgeois;
D'un œil indifférent je regarde le monde,
Je suis toujours poli, mais rarement courtois.

En matière d'amour, galant comme Joconde,
Je change de beauté presque tous les trois mois;
Quand je parle à quelqu'un, j'aime qu'on me réponde,
Et dans l'après-midi je vais rêver au bois.

J'adore les bonbons, les chevaux et les ânes,
Et les camélias dans les cheveux cendrés...
Mais je hais les regards des folles courtisanes.

J'aime les bois touffus et la fraîcheur des prés,
J'aime enfin Paul de Kock et ses jeunes grisettes,
Qui sur un tertre vert fument des cigarettes.

Paris

A MONSIEUR FERNAND LAMY

—

Vers écrits dans une allée du bois de Boulogne

—

Cher Fernand, au milieu des roses
Je veux t'écrire au moins un mot;
Mais comme j'ai beaucoup de choses
A te dire, et qu'il fait très-chaud,
Ne cherche point, je t'en supplie,
Dans cet envoi fait d'un soupir,
Un grand morceau de poésie,
Ami, ce n'est qu'un souvenir.
J'écris ces vers sur une feuille
Que j'ai volée à mon calpin,
Et couché sous un chèvre-feuille
Sur les bords d'un gentil chemin.
Mais comme, hélas! sous ma charmille
Quelques rayons viennent percer,
Et qu'une blonde et fraîche fille
Auprès de moi vient à passer,

Je me tais vite, et je suppose,
Cher Fernand, que tu sais pourquoi.
— Entre garçons on dit la chose,
Tu n'es pas plus sage que moi ; —
Or, elle fuit dans le feuillage
Comme un oiseau tout en chantant.
Je cours après. Adieu ; je gage
Que tu voudrais en faire autant.

20 juin 1859.

—

STELLA

—

CONTE.

—

Dans une vieille rue en cette ville infâme
Que l'on nomme Paris, existait une femme
Belle, jeune, mais triste. On eût dit, à la voir
Si pâle quelquefois, qu'un sombre désespoir
Avait étreint son cœur, qu'une amère pensée
Assiégeait son esprit et son âme blessée.
Certes, bien des savants, en voyant cette enfant
Dont le maintien toujours était si nonchalant,
Auraient dit qu'une longue et grave maladie
Qu'aux Écoles chacun avec soin étudie,

Rongeait la jeune fille, et que nul ne pouvait
Eloigner de son lit la mort qui l'observait.
Hé bien! ces hommes-là, race par moi maudite
Que le démon la nuit en cachette visite,
Se seraient bien trompés; car je sais que Stella,
Cette vierge que Dieu pour le monde immola,
Avait une santé robuste, à toute épreuve...
Et je m'en vais, lecteur, vous en donner la preuve.

Un soir d'hiver, l'enfant ne pouvant s'endormir,
Lasse probablement dans son lit de gémir,
Se leva, puis ouvrit sa fenêtre : une pluie
Violente tombait; le vent, dont la furie
Faisait gémir les toits, vint refroidir son corps.
C'était affreux à voir. Enfin, au loin, dehors
Des cris rauques et sourds de victime égorgée
Qui demande à quelqu'un le soin d'être vengée,
Vinrent à retentir. Minuit allait sonner,
La nature à l'enfer semblait s'abandonner
L'enfant, assise auprès de la fenêtre ouverte,
Les yeux baignés de pleurs, l'épaule découverte,
Sous les baisers du vent s'endormit tout-à-coup,
Et dans le lourd sommeil oublia son dégoût.
Oh! si quelqu'un eût pu voir cette blonde tête,
En silence bravant la pluie et la tempête;
Si quelqu'un eût pu voir ce corps souple et charmant
Plié comme un roseau sous le souffle du vent,
Certe il aurait voulu prendre la jeune fille
Comme un ange et poser doucement sa mantille
Sur elle, et s'oublier jusques à lui ravir
Un baiser que l'Amour aurait pu recueillir.
Lorsque le jour parut, la lumière livide
D'un soleil qui fixa sur elle un œil avide

La réveilla soudain. Alors elle rougit
De se voir toute nue et s'enfuit dans son lit.

Peut-être croira-t-on qu'après cette escapade,
Stella pendant longtemps fut gravement malade.
Point. Et le lendemain, oubliant sa folie (1),
Elle parut encore plus jeune et plus jolie.
Mais alors, dira-t-on, quel était donc le mal
Immense, affreux, ardent, cruel, même fatal,
Qui faisait tant souffrir la pauvre jeune fille?
Lecteur, connaissez-vous quelque part dans la ville
Une de ces maisons infâmes que souvent
On visite le soir par la pluie et le vent,
Une de ces maisons à porte étroite et basse,
Aussi laide en dedans que noire à la surface,
Que le passant regarde avec dégoût, et qui
Se montre sans pudeur à tout œil aujourd'hui.
Hé bien, Stella, l'enfant, la jeune vierge, l'ange,
Sciemment, sans remords, avait dans cette fange
De prostitution mis les pieds, un matin
Que sa bourse était vide et qu'elle était sans pain...

Alors elle oublia son pays et sa mère,
Et vécut seule avec une pensée amère,
Renia sa jeunesse et se vendit gaîment
Pour quelques pièces d'or qu'on dépense en chantant.

Mais un jour elle vit, sérieux, grave, pâle,
Un jeune homme au regard étincelant et mâle,
Et l'aima; son amour fut immense, et Stella,
Loin du vice, pour lui vécut et travailla.

(1) Ici quatre rimes féminines sont à côté l'une de l'autre. Cela ne peut être, mais j'ai jugé convenable de sauter deux vers masculins.

Alors pour elle, hélas! commença cette vie
De sueurs et de maux, de noble ambition;
Alors elle éprouva la noble et pure envie
D'expier son oubli par la privation.

Seule, toujours rêvant dans ses nuits d'insomnies
Auprès de son métier que ses pleurs arrosaient;
Lorsque l'enfant croyait ses souffrances finies,
L'amour, le souvenir toujours les rassemblaient.

Un matin, cependant, que, seule à sa fenêtre,
Les yeux baignés de pleurs, elle crut reconnaître
Son amant. O bonheur! ô joie! ô doux espoir!
Dieu ne l'avait donc pas encore abandonnée,
Puisqu'elle retrouvait même en son désespoir,
Après avoir pleuré pendant plus d'une année,
Sa chaste vision dans la réalité.
— Viens, viens, lui cria-t-elle; oh! viens, ta bien-aimée
T'attend ivre d'amour sur sa couche embaumée;
Et quand tu seras là, j'aurai l'éternité;
Et, folle, elle tendait les bras vers le jeune homme
Qui passait sans rien voir sous sa fenêtre, comme
Un poète rêveur. — Oh! s'écria Stella,
Tu ne me vois donc pas; regarde, me voilà!
Je le sens, ma raison est enfin revenue. —
Et le corps de l'enfant se penchait vers la rue.

. . . .
. . . .
. . . .
. . . .

Quelques instants après, dans un double baiser
Les jeunes amoureux réunirent leur bouche,
Leurs bras avec amour vinrent à s'enlacer,
Puis l'homme vint s'asseoir sur le bord de la couche.

— Stella, dit Andréa, pourquoi ne viens-tu pas,
Si tu m'aimes? Je suis, tu le vois, un peu las;
La nuit je ne dors pas, et tout le jour je rêve,
A quoi? je n'en sais rien! Quand mon songe s'achève,
Alors je suis brisé, j'ai peur, je suis tremblant.
— Et que craignez-vous donc? lui demanda l'enfant.
— Ce que je crains, Stella, je ne sais, mais je tremble,
Mais je voudrais mourir... Tiens... oui... mourir ensemble,
Mourir auprès de toi... mourir à tes genoux,
Ma lèvre sur ta lèvre... Oh! ce serait bien doux!...
Vois-tu, ce serait trop de bonheur, mon cher ange,
Que de sortir vainqueurs tous deux de cette fange
Qu'on appelle le monde; et Dieu ne voudrait pas
Vers lui me voir monter avec toi dans mes bras.
— Tu crois, lui dit l'enfant. Eh bien, pauvre cervelle,
Pour la dernière fois, dis-moi si je suis belle,
Car nous allons mourir. Et prenant un flacon,
Lentement elle va sur le bord de la couche :
— Bois, dit-elle. — Andréa mit le verre à sa bouche
Et but; puis, après lui, l'enfant prit le poison,
L'avala sans rien dire et ferma la fenêtre.

. . . .

Lorsque le lendemain le jour vint à paraître,
La chambre n'était plus qu'une tombe. Andréa
Reposait pour toujours dans les bras de Stella.

2 décembre.

BIBLIOTHÈQUE IMPÉRIALE

A MONSIEUR ADRIEN GROS DE VEAUD

Avocat

—

Mon Ami,

Lorsque j'ai écrit ces vers, je n'avais aucun fiel dans l'âme, seulement, j'étais dégoûté de voir la luxure royale montrer impunément son front pâle et ses yeux caves aux regards du peuple de Paris. J'ai voulu essayer sinon de corriger le vice, du moins de le ternir aux yeux de la jeunesse. C'est hardi, car on ne met pas impunément le doigt sur une plaie. Ai-je réussi ? je ne sais. A vous d'en juger.

Recevez, mon Ami, l'assurance de mon affection toute sincère,

Edmond BADIN.

Paris, le 20 mai 1862.

Mon cher Ami,

Vous n'avez pas trop préjugé de vos forces... Votre noble cœur et vos études littéraires vous promettent un succès... vous l'obtiendrez..... et les gens honorables vous féliciteront d'avoir, dans un siècle perverti, osé attaquer en face la débauche.

Persistez dans cette voie, et tout jeune encore vous aurez donné un noble exemple que, malgré vos vingt ans, on sera heureux et fier de pouvoir imiter...

Quoi qu'il arrive, du reste, de cet essai, vous aurez pour vous la conscience d'un devoir accompli, et cela vous suffira, j'en suis sûr...

Persistez donc dans cette voie qui vous donnera, avec la satisfaction morale, une juste satisfaction littéraire.

A vous de cœur.

A. Gros de Veaud.

Paris, le 21 mai 1862.

LA DÉBAUCHE A PARIS

ÏAMBE

Voyez-vous sur ce lit la pâle créature
Qui, jadis le regard hautain,
S'en allait promener ses amants en voiture,
Oublieuse du lendemain?
La voyez-vous serrer le Christ sur sa poitrine
Et maudire ces fous plaisirs
Qui mènent à porter la couronne d'épine
Des douleurs et des souvenirs ?
O prostitution! voilà donc où tes charmes
Conduisent aujourd'hui :
Les rires envolés se sont changés en larmes,
L'espérance en mortel ennui.

O vice! voilà donc où mènent tes ivresses,
Où jette l'amour libertin?
Et lorsque l'on revient de tes âcres faiblesses,
Souvent c'est pour tendre la main,
Ou mourir seul, flétri, presque oublié du monde
Sous la honte et sous le mépris,
Souillé de fange infecte avec la joie immonde,
Au milieu des pleurs et des cris.
La luxure a parlé dans notre siècle impie,
On l'aime comme la beauté;
Et quand, pendant un jour, elle reste assoupie,
On vole vers la volupté,
La folle volupté qui souille l'existence,
Qui dégrade et qui fait mourir,
Et l'on jette en riant la robe d'innocence
Comme une entrave à tout plaisir.
La vertu n'est qu'un mot qui de nos jours fait rire,
Qu'on hait encor plus que la mort;
On recherche toujours l'ivresse et le délire,
Ce délire puissant et fort,
Ardent comme le feu qui dégrade et qui fauche
Tout sentiment d'honnêteté,
Le délire qu'enfin on appelle débauche,
Frère de l'immoralité.
C'est affreux ! je le sais, mais que dire et que faire,
Puisque chacun s'en va gaîment
Prostituer son corps et chanter l'adultère
Comme un céleste attouchement?
Puisqu'on croit au néant comme aux filles de joie,
Puisque l'on a sapé l'honneur,
Puisque le vice impur n'abandonne sa proie
Que sur le chemin du malheur.

Que faire? — Je le dis, c'est une chose infâme,
Mais je ne suis point le plus fort;
Quand même je voudrais purifier la femme,
J'échoûrais au premier effort;
On sourirait alors, on dirait : la folie
A blessé son cerveau d'enfant,
Et l'on me jetterait et la pierre et la lie
De ce beau vice triomphant.
Ah! que ne suis-je roi, pour, sur ces êtres viles,
Lancer la honte et le mépris,
Pour expulser d'un coup des âmes et des villes,
Surtout de celle de Paris,
Cette débauche antique où gît l'ignominie
Affreuse à voir sous les haillons,
Le regard terne, mort, sous l'ardente folie
Des implacables passions;
Comme je châtîrais d'une main vigoureuse,
Ces beaux hommes au cœur perdu,
Et comme je tûrais la débauche boueuse
Sans crime ni sang répandu.
Mais je ne suis point roi, je ne suis point un maître,
Je n'ai le droit que de gémir;
Et si tels ici-bas il nous a fallu naître,
Tels un jour il faudra mourir.
Oh! si le Christ voulait de sa main souveraine
Châtier le vice endurci,
A coup sûr notre siècle et notre race humaine
Bientôt ne seraient plus ainsi...
Mais il faut que tout marche, et dans sa loi divine
Il nous laissa maîtres; alors
Beaucoup ont repoussé la couronne d'épine
Pour vivre des plaisirs du corps.

Rien ne nous fait rougir, la honte instituée
Marche gaîment à nos côtés ;
Nous aimons les regards de la prostituée,
Ses cris et ses impuretés;
Nous aimons, nous aimons cette ivresse brutale
De la bête dans son ardeur,
Et nous crachons au front de ceux dont la morale
Sait égaler notre impudeur.

Paris.

A ERATO

Erato, blanche Muse aux radieuses ailes,
Toi dont le vol hardi m'emporte vers les cieux,
Inspire-moi quelques chansons nouvelles,
Comme en chantaient jadis les troubadours joyeux.
Voici le soir, pensif comme un poète,
La lune pâle éclaire le coteau,
Tout est silence et ma lyre est muette.
Inspire-moi, blanche Muse Erato.
Ma fiancée entre mes bras est morte,
Dieu l'a voulu, je ne murmure pas;
Mais ma jeunesse à la Mort tend les bras,
Blanche Erato, ne m'abandonne pas.
Puis je suis seul, brisé, sans espoir, sans amie;
Nul ne me sourira si tu ne me souris,
Et mes pleurs, source amère où s'écoule ma vie,
Sans toi ne seront point taris.
J'aimais, ô mot charmant que tu ne peux comprendre,
Et la Mort m'a ravi l'objet de mes amours,
Et rien ne peut en ce monde me rendre,
Si ce n'est toi, le bonheur pour toujours.

Blanche Erato, déesse au cou d'albâtre,
Si le tonnerre éclate auprès de moi,
Si la Fortune inconstante et folâtre
Vient me priver de ta divine foi;
Si, rejetant mes pleurs et mes alarmes,
Insouciante et sans cœur, tu me fuis,
O Poésie infâme! en excitant mes larmes
Sans les sécher, je te maudis.
Mais si tu viens à mon appel suprême,
Si tu viens consoler le pauvre ami qui t'aime,
Blanche Erato, je te bénis.

Trouville.

STANCES

Je me souviens toujours que c'était en été,
Par un beau soir d'août; les brises amoureuses
Me faisaient frissonner d'une âpre volupté,
Et le doux rossignol de ses notes rêveuses
Davantage abîmait mon esprit exalté.

Doucement emporté par une rêverie;
Les bois derrière moi, la charmille à côté,
Foulant sans y penser les fleurs de la prairie,
Je restais tout pensif en attendant Marie
Sur le banc de bouleau par son père sculpté;

Lorsque l'heure sonna, je sentis dans mon âme
Un trouble que jamais je n'avais éprouvé,
Et je fermais les yeux, quand la main d'une femme
Soudain me réveilla, puis un regard de flamme
Me fit croire qu'alors je n'avais que rêvé.

C'était elle, c'était Marie à l'âme blanche,
L'enfant du laboureur, pure et pleine d'amour;
Coquette, elle avait mis sa robe du dimanche,
Et je voyais briller sous la modeste manche
Un petit bracelet, frais et charmant atour.

Elle me regardait d'un air tendre et timide,
Et mon bras doucement se prit à l'enlacer:
Je mirai mon regard dans son regard humide;
Nous rougîmes tous deux, et sur son front candide
Je posai chastement un pur et long baiser.

O volupté suprême! ô radieuse ivresse!
Coule, coule en mon cœur, et fais-moi souvenir
Que le bonheur divin auprès d'une maîtresse,
C'est de ne pouvoir pas rougir de sa tendresse,
Quand la femme qu'on aime est un ange à chérir.

Aussi, je n'ai jamais oublié la soirée
Où Marietta vint pour la première fois;
Mais comme maintenant sous la voûte azurée
Ne pourra plus briller ma charmante adorée,
Je ne chanterai plus que pour l'ombre des bois.

Montmorency.

GAIETE

—

SONNET

—

Oh! qu'il est doux d'aimer, et que la vie est belle
Lorsque la Liberté nous ouvre ses deux bras,
Et que la pâle Aurore, en écartant son aile,
Laisse tomber sur nous les parfums d'ici-bas.

L'attente d'un plaisir, amis, certe est cruelle;
Mais je l'aime à la rage et la suis pas à pas,
Et, plus léger alors que la jeune hirondelle,
Je vole en l'avenir et n'y regarde pas.

Puis le soir, seul, pensif, sous la verte feuillée,
Pendant que tout s'endort gaîment en la vallée,
Et que l'oiseau tremblant se cache dans son nid,

J me dis : S'il est vrai que l'on verse des larmes,
Il faut bien convenir que la vie a des charmes,
Et que pour être ainsi le Seigneur m'a béni.

7 mai.

A MADEMOISELLE ***

—

Comme par un beau jour les rayons de l'Aurore
Sur les prés verts en fleurs se balancent gaîment,
Mon âme, pur rayon que ton âme colore,
Puise un amour divin dans ton rire charmant.

Et quand tu me souris, pâle et chère rêveuse,
Quand ta lèvre murmure un tendre et doux aveu,
L'ivresse qui se joint à ma flamme amoureuse
Me fait narguer le monde et souvenir de Dieu.

Te souviens-tu, dis-moi, de ce soir où, tremblante,
A mon bras suspendue et les regards pensifs,
Nous écoutions, rêveurs, une voix innocente,
Celle du rossignol dans les épais massifs ?

. . . .
. . . .

T....

SOMMEIL

Sur un chemin bordé de roses
Marguerite prend son essor,
Et sur des fleurs à peine écloses
Doucement se pose et s'endort;
Sur sa chevelure embaumée
Un papillon vient se poser,
Et de son aile parfumée
Sur sa lèvre cueille un baiser.
La jeune fille se réveille,
Et puis tressaille de plaisir,
Cherche des yeux, prête l'oreille,
Hélas! et ne voit rien venir...
Pauvre petite Marguerite,
Un Amour a blessé ton cœur
Frais et souriant il t'invite
A cueillir la fleur du bonheur.
Tu te rendors près de la rose
Qui va se pencher pour te voir,
Et sur ta lèvre à peine close
Passent tous les parfums du soir.

Juin 1858.

A MADEMOISELLE L. V.

—

Et quand vous m'avez dit que vous m'aimiez un peu,
Mon cœur a débordé de bonheur, et Charmante,
Un soir d'été, j'ai vu briller dans votre œil bleu
Comme un rayon divin la passion tremblante,
Et le ruisseau coulait à nos pieds, et l'oiseau
Balancé mollement sur des branches fleuries,
Entonnait près de nous un chant d'amour nouveau,
Et pour nous maintes fleurs parfumaient les prairies,
    Pour nous se balançait l'ormeau.

Vous en souvenez-vous de ce soir-là, ma Chère,
Je ne le pense pas. Vous avez oublié
Le pain du laboureur, la ferme et la fermière,
Et sur eux vous jetez un regard de pitié;
De belles robes d'or parent votre ceinture,
Vous portez fierement le chapeau de velours,
Et Paris nous ravit l'enfant de la nature
Qui lui-même a changé ses champêtres amours
    Pour les amours de la parure.

Lorette, mot charmant que l'on s'imprime au front,
Se montre sur le vôtre avec une arrogance
Qui fait croire vraiment que les vices seront
De tout temps jalousés beaucoup plus que l'on pense,
Et votre coupé bleu, vos valets chamarrés,
Votre hôtel somptueux où la débauche brille,
Et vos bals tant suivis, vos soupers admirés,
Font souvent oublier à quelque pauvre fille
Tous ses devoirs les plus sacrés.

Pourtant, sur mon honneur, ma Chère, je vous jure
Que je vous aimais mieux avec votre organdi
Qu'avec cette fringante et superbe parure
Qui coûte un million et ne fait pas un pli.
Surtout je préférais votre jambe mignonne
Dans ces gros bas qui sont amis de la vertu;
Et je puis affirmer, sans mentir, que personne
N'aurait osé chercher sous votre blanc fichu
Une lorette polissonne.

— Autres temps, autres mœurs, mon Cher, me direz-vous :
D'ordinaire à la ferme on maigrit, on pâlit,
Du reste, on m'avait dit que j'avais les yeux doux,
Et puis j'ai préféré l'odeur du patchouli
A celle du fumier qui donne des nausées.
Un matin j'ai donc pris mes ailes vers le nord.
J'arrive : un petit blond aux deux lèvres plissées
M'offre cent mille francs. J'accepte... Avais-je tort,
Après toutes craintes chassées ?

— Vrai, je vois maintenant que vous avez raison.
Oui, marchez fièrement dans cette douce voie;
L'orgie est amusante, et de nos jours bon ton.
L'organdi de pitié faire sourire le soie.

Mais arrivez un jour sans or et sans beauté,
Quarante ans sur la tête et perchée au sixième,
Ma Chère, et vous verrez que ce vice gâté,
Que ce bonheur divin qu'avec ivresse on aime,
    Sont affreux dans leur nudité.

Vivez donc sagement, il en est temps encore;
Respectez la vertu, croyez-moi, qui vaut mieux
Que de beaux diamants que la jeunesse adore,
Brillants comme un soleil et captivant les yeux.
Mais surtout écoutez, rieuse pécheresse
Aux longs cheveux dorés et pleins de patchouli,
Ecoutez les conseils et la vieille sagesse
Qui, malgré les écueils, n'a jamais fait un pli
    De votre plus sincère ami.

Trouville.

PRIÈRE AU BORD DE LA MER

I

Mon Dieu, quand j'ai souffert, je me suis incliné
Aux pieds de vos autels, et vous m'avez donné
La force de lutter contre l'âpre souffrance
Qui m'avait emporté toute mon espérance;
Vous avez été bon, vous avez été juste,
Jamais de votre trône une action injuste
Tua le malheureux qui sur l'autel sacré
Vous a, dans sa douleur, chastement adoré.

II

Mon Dieu, vous dont la main s'étend sur tout ce monde,
Qui protégez l'enfant et le marin sur l'onde,
Vous dont l'auguste règne est le bonheur pour tous,
Lorsque je vous prîrai le soir à deux genoux,
Oh! ne rejetez pas loin de vous ma prière,
Car vous seul êtes roi, comme vous êtes père
Pour celui que la peine a mis dans le néant
Des choses d'ici-bas qu'on regarde en pleurant.

III

Mon Dieu, vous dont les lois sont pleines de sagesse,
Vous qui ne vendez pas l'amour et la tendresse,
Vous dont le culte est doux, vous qui veillez toujours,
Vous que le pauvre infirme appelle à son secours,
Vous enfin qui n'avez ni conquérant, ni maître,
Oh! conservez longtemps tous ceux qui m'ont vu naître,
Et je n'oublîrai pas, Dieu juste et tout-puissant,
De chanter votre règne en vous glorifiant.

23 août, Trouville.

—

MASSY

—

C'est un pays charmant où dans toutes saisons
On entend des oiseaux les cris et les chansons,
Où l'on jette en riant des fleurs aux jeunes femmes.
Où l'on peut sans danger associer deux âmes,
Sans crainte que l'oubli sans raison vienne un jour
Emporter tout d'un coup l'espérance et l'amour.

Lorsque j'étais enfant, j'allais par les prairies
Promener tout pensif mes jeunes rêveries,
Et mon œil lentement se fixait au ciel bleu,
Comme s'il eût été capable de voir Dieu ;
Et puis je m'asseyais à l'ombre des grands chênes,
Après avoir ravi quelques épis aux plaines,
Et là, le front courbé sans tristesse, pensant
A tout ce qu'ici-bas on implore souvent,
L'Amour m'apparaissait au milieu de ses charmes.
Et je me suis surpris à répandre des larmes.

Il est si doux d'aimer et d'aller deux le soir
Sous les grands arbres verts babiller et s'asseoir.

De se dire : — Je t'aime!.,. — Et dans son doux murmure
Balbutier des mots que dicte la nature,
De pouvoir sans témoin se sourire et causer,
Après avoir cueilli sur la lèvre un baiser.

Un soir qu'ainsi plongé dans mes mélancolies
Je songeais aux plaisirs des âpres voluptés,
Une enfant de seize ans aux regards veloutés,
Blonde comme les blés, aux formes accomplies,
S'envola brusquement d'un buisson tout en fleurs ;
Et quand elle me vit, s'arrêta sur la route,
Puis se mit à trembler ; elle avait peur sans doute ;
Car de ses yeux charmants je vis couler des pleurs.

Alors je me levai, je m'avançai vers elle :
— Ne craignez rien, lui dis-je. — Et la faisant asseoir
Comme un oiseau léger qui touche de son aile
L'onde pure, ma lèvre effleura son œil noir.
O bonheur sans égal ! ô chaste et sainte ivresse !
Je me suis endormi sur son sein palpitant ;
Et quand l'aurore vint réveiller ma maîtresse,
J'avais connu la vie et n'étais plus enfant.

Voilà le beau roman qu'un soir sous la charmille
J'ai composé, rêveur, avec la jeune fille ;
Voilà comme j'ai su, quoiqu'en n'y croyant pas,
Qu'on pouvait être heureux à l'ombre des lilas,
Sous un ciel étoilé, quand la brise odorante
D'une amie adorée a soulevé la mante.
Et qu'il vaut mieux aimer aux champs que sous un toit
D'une ville enfumée où le monde nous voit.

Vilaine-Massy

CONVICTION

—

SONNET

—

— Qu'est-ce donc que la vie et que ce triste monde,
S'il faut toujours pleurer et ne jamais gémir ?
— Amis, n'espérez pas qu'une voix vous réponde,
Comme vous êtes nés il vous faudra mourir.

Et si notre existence en souffrances abonde,
Si vous versez des pleurs sur un doux souvenir,
Croyez qu'il est au moins une source féconde,
Et que Dieu bénira celui qui sut souffrir.

Le bonheur, c'est l'espoir, c'est la brise embaumée
Qui pénètre dans nous lorsque nous y croyons,
C'est le printemps en fleurs de nos illusions.

Tout s'envole ici-bas comme un peu de fumée,
La joie et la douleur se sont donnés la main ;
Mais Dieu, qui nous entend, nous la rendra demain.

Mai.

A MADEMOISELLE ***

—

Vous que la grâce a prise sur son aile
Dont le regard nage dans un flot bleu,
Souvenez-vous qu'il n'est jamais d'adieu
Pour le bon cœur qui veut rester fidèle.

—

STANCES

—

S'il est des jours amers où notre âme se brise,
Où tout nous laisse et fuit,
Où même l'on n'a plus les parfums de la brise,
Ni l'ombre de la nuit,

❦

Où le plus courageux au désespoir s'adonne
Et quelquefois maudit,
Il en est de bien doux que le Seigneur nous donne
Et souvent qu'il bénit;

Il en est où le cœur déborde d'espérance
Au souriant retour
De ce printemps divin qui chasse la souffrance
Et fait chanter l'amour.

L'amour! que nul ici n'a jamais su maudire;
Coupe pleine de miel!
Sentiment ineffable où naît plus d'un délire
Que l'on reçoit du ciel.

Ainsi donc, sans trembler, ô charme suprême,
Aimons-nous devant Dieu:
Les hommes ne sont rien devant celui qui sème
Et la flamme et le feu.

La flamme qui reluit dans ton regard si chaste
Étoile du matin,
Et le feu des baisers qui sur la terre vaste
Ronge même l'airain.

Regarde à l'horizon ces grands saules qui pleurent:
Ils sont tristes, pourquoi?
C'est qu'ils n'ont jamais eu pour prier quand ils meurent
Un ange comme toi.

L'espérance qui passe, et souvent nous coudoie
Comme une folle enfant;
Revient toujours, avec le grand manteau de soie,
Du plaisir triomphant.

La vie est assez courte et parfois assez pleine
De désillusions,
Pour qu'on n'aille jamais puiser à la fontaine
L'onde des passions.

J'aime et je suis heureux, et toujours tu répètes
Que tu m'aimes aussi;
S'il est vrai, jouis donc sans craindre les tempêtes
Du monde et du souci.

Tu m'aimes! mot charmant que je ne puis pas croire,
Que je n'ose achever;
Tu m'aimes! en pensant que sur terre sans gloire
On ne peut pas rêver.

Enfant! mais le puissant et le riche et l'artiste
Sont-ils donc plus heureux
Que nous, lorsque le soir fait briller d'un air triste
Les étoiles aux cieux.

Quand les fleurs dans les prés pour nous s'épanouissent,
Quand brille la beauté,
Pour nous qui ne voulons que ceux qui resplendissent
Dans ce monde gâté.

Crois-tu que mon amour n'embellit pas ta vie
Qui ne doit se briser,
Que je ne pleure pas quand ta voix me convie
A te prendre un baiser.

Crois-tu que Dieu qui voit nos deux célestes flammes,
Qui toujours nous entend,
Ne nous a pas bénis en unissant nos âmes,
Ange resplendissant!

A MADEMOISELLE ***

—

Ton rêve fut toujours mon rêve,
Ton amour fut toujours le mien,
Et quand ton voile se soulève,
Lorsque dans un doux entretien
Mon regard se mire en le tien,
Mon âme pleine d'espérance,
Mon cœur rempli de ta beauté,
Tressaillent tous deux en silence,
Souriant à la volupté.

Je n'aime que toi dans la vie,
Je n'ai d'ivresse qu'en ta foi;
Ma plus noble et plus sainte envie,
Mon plus suave et doux émoi
Est de toujours chanter pour toi;
Quand ta lèvre à mon front se pose,
Ange divin, cher souvenir,
Ton haleine, parfum de rose,
M'enivre et je me sens mourir.

DANS UNE ÉGLISE.

Via sola, sola spes!

Passez, passez toujours, ô mes belles années,
Pour moi, vous ne durez pas plus que des journées
De douleurs ou de paix.
Rien ne peut arrêter votre rapide course,
Car l'eau vive qui coule et bondit de sa source
Ne remonte jamais.

Passez comme l'éclair qui brille dans l'orage,
Mon âme est assez forte et ma jeunesse sage
Pour ne pas murmurer.
Quand Dieu commande, il faut en esclave docile
Obéir; notre vie est un vase d'argile
Qu'un enfant peut briser.

Passez, j'ai dans mon cœur plus d'amour que de haine;
Ma destinée est faite, et pour toujours m'enchaîne
A quelque noble enfant.
Mes désirs ne sont pas des désirs de folie,
Et si j'aime, ce n'est que la mélancolie
Qui sourit tristement.

Passez, ma lèvre a pris la blanche et sainte hostie
A la table du prêtre, où la plus pervertie,

Le plus fauve bandit,
Courbent toujours le front devant la nappe blanche,
Et mon âme aujourd'hui toute entière s'épanche
Dans le pain qu'on bénit.

Passez, Dieu qui m'entend et connaît ma pensée,
Qui, par la main du bien sans cesse est balancée,
A déjà répondu
Aux grands et purs accents qu'on puise en la prière;
Je porte en moi le sceau de la croyance austère
Que l'on croyait perdu.

Passez, mon espérance est sublime et profonde;
Pour moi, les faux plaisirs ne sont pas de ce monde,
Je ne crois qu'au réel.
L'amour le plus divin chastement m'illumine,
Et rempli de bonheur, lentement je chemine
Sur la route du ciel.

Passez, je ne crois pas aux tortures infâmes;
Quand on est deux en face, on a certes deux lames.
J'en porte un d'acier;
Mon adversaire n'est invincible ni lâche,
Et lorsque le mal flotte en mon esprit, ma tâche
Consiste à l'oublier.

Mon regard rayonnant s'élance comme l'aigle
Vers la voûte azurée, et ma conduite règle
Mes désirs et mes sens.
Au moment de tomber, toujours je me relève.
Passez, dans cet Eden où chacun fait un rêve,
Je ne crains pas le temps.

Paris.

A MADAME ***

Quand le soir, seule au pied de votre lit, Madame,
Devant ce crucifix vous priez, je voudrais
Pouvoir vous admirer et lire dans votre âme
Les pages du beau livre où gisent vos secrets.

Et ma lèvre qui n'a qu'un mot tendre à vous dire,
Si votre main venait m'encourager un peu,
Si vous daigniez parler, si vous daigniez sourire,
A genoux bénirait votre prière et Dieu.

Paris.

OH ! MON DIEU, S'IL VOULAIT M'ENTENDRE

—

ROMANCE

—

Que la grâce plus gracieuse,
La jeune fille aux longs cheveux,
Un beau soir s'en allait rêveuse,
Et pensait à son amoureux.
Le pied mignon et la voix tendre,
Elle marchait à petits pas...
Et répétait presque tout bas,
— Oh ! mon Dieu, s'il voulait m'entendre !

Elle s'assit à la fontaine,
Qui donne l'eau claire au ruisseau,
Et du zéphyr la fraîche haleine,
Passe près d'elle avec l'oiseau,
Son cœur était prêt à se fendre,
Elle pleurait l'enfant, hélas !...
En répétant presque tout bas,
— Oh ! mon Dieu, s'il voulait m'entendre

Avec orgueil, dame nature,
Au grand soleil de messidor,
Etalait sa riche parure
Ses doux parfums, ses épis d'or.
L'amour se faisait bien comprendre,
A qui ne le comprenait pas,
— Oh! mon Dieu, s'il voulait m'entendre!

Or une voix, voix bien connue,
Vint traverser son désespoir,
La jeune fille tout émue,
Rougit de plaisir et d'espoir,
Car cette voix était bien tendre,
Et répétait tout bas, tout bas...
— Ma belle enfant, ne pleurez pas,
Enfin il a su vous entendre.

Montmorency.

—

REGRET

—

Oh! laissez-moi rêver sans espérance,
Pour elle il est si doux de soupirer,
Oh! laissez-moi seul avec ma souffrance,
Je veux pleurer.

Pour la dernière fois, je veux chanter pour elle,
Mon cœur va se fermer pour ne plus se rouvrir.
Oubli, qui m'a brisé du toucher de ton aile,
Emporte moi bien loin, je suis las de souffrir.
Que le sage qui voit cette douleur amère
Qui peut lire un instant dans ce cœur abîmé
Dise, baissant le front en regardant son frère.
— Cet homme a trop aimé!

Oh! laissez-moi rêver sans espérance,
Pour elle il est si doux de soupirer,
Oh! laissez-moi seul avec ma souffrance,
Je veux pleurer.

Que l'arbre qui se ploie au souffle du zéphir
Que le pâtre qui chante une maîtresse aimée,
Que tout ce qui sourit chastement au plaisir,
Que l'oiseau dans son nid, la brise parfumée,
Que la mousse qui croît au pied de l'arbre vert,
Que le poète ami des pauvres sans demeure,
Que la voix grave et forte et sonore des heures
Tout dise : — Il a souffert!

Oh! laissez-moi rêver sans espérance,
Pour elle il est si doux de soupirer,
Oh! laissez-moi seul avec ma souffrance
Je veux pleurer.

Paris 18. .

VERS INSCRITS

En réponse à ceux de M. de Lamartine

Sur la porte d'un souterrain au château de Coucy.

—

Déjà l'herbe qui croît sur les dalles antiques
Efface autour de nous les sentiers domestiques,
Et le lierre flottant comme un manteau de deuil,
Cache à demi la porte et rampe jusqu'au seuil.

Lamartine.

—

Sous la ruine où mon âme s'épanche,
Sous mon amour que Dieu seul a béni
Comme un roseau que la tempête penche,
Mon cœur tressaille, et mon âme a faibli,
O mon poète, ô noble Lamartine,
Quand ta pensée est venue habiter
Sous cette voûte où ton beau front s'incline,
N'aimais-tu pas pour aussi bien chanter ?

—

UNE RIDE

—

SONNET.

—

Un rayon de soleil est venu découvrir
Une ride à mon front. Ma douleur fut immense
Une ride à vingt ans, fruit de l'intempérance,
Je me croyais affreux et je voulais mourir.

Mourir me dis-je un soir, mais c'est de la démence,
Une ride n'est pas faite pour nous flétrir,
Non, je ne mourrai pas, seulement je veux fuir
Ce qui ne sera pas d'une sage existence.

Mais le moyen, hélas! d'agir honnêtement,
Dans ce Paris joyeux, Babylone moderne,
Ici l'on ne vit de légumes et d'herbe,

C'est pourquoi, cher lecteur, des plus dévotement
Laissant courir bien loin la morale effarée,
Je soupe tous les soirs à la maison dorée.

A UN SOLDAT DE L'ARMÉE D'ITALIE BLESSÉ

—

Frère, quand vous alliez, une épée à la main
A la grande bataille, et que le lendemain
Le front bandé, l'œil mort, sur le lit de souffrance
Vous regardiez la vie avec indifférence ;
Avez-vous quelquefois songé le cœur brisé,
Que vous, pauvre soldat, loin de tous, et blessé
Il ne vous serait pas permis qu'un jour ou l'autre
Vous revissiez la France, et sa mère et la vôtre,
Que jamais plus, jamais vous n'auriez un regard
De sa noire prunelle et que, jamais vieillard
Vous n'auriez les douceurs, de la sainte existence
Que l'on mène en famille, et que Dieu récompense,
Et quand vous avez vu la mort là, près de vous,
Fixant votre jeunesse, avec un air jaloux ;
Quand le chirurgien, de son scalpel infâme
Vous torturait le corps, et vous abîmait l'âme,
Lorsque dans la douleur, après avoir maudit
Comme un païen qui n'a que le cœur d'un bandit,
Oh! dites-moi sans crainte, et surtout sans délire,
Vous que la gloire a pris, et que chacun admire,
Dites-moi n'avez-vous, de douleur assiégé,
Rêvé, prié, songé !!

Saint-Germain

SONNET

—

Devant l'immensité que mon regard admire,
Devant cet horizon dont j'ignore la fin,
Mon âme, fière essence où naît plus d'un délire,
    Contemple, adore et croit enfin.

Croit au chaste bonheur que Dieu seul nous inspire,
Quand l'amour radieux de son souffle divin
Passe, et dans un baiser qu'on ne saurait décrire,
    Nous fait aimer ce monde vain.

Croit à ce doux espoir que nous donne la femme,
Lorsqu'un mot d'amitié comme une douce flamme
Pénètre dans notre être et le fait tressaillir.

Croit et fait oublier cette double souffrance
Que le riche regarde avec indifférence,
Et que le pauvre nomme : — *Amertume et plaisir.*

Quesmy

SONNET

Ouf! encore un sonnet! Dieu merci, j'en fabrique
Autant qu'un vénérable évêque en bénirait;
Mais que faire à cela? les vers sont ma musique,
Et d'ailleurs en ce monde on n'est jamais parfait.

Rimer est un plaisir assez économique
Qui console d'être boiteux ou laid,
Et comme je n'ai pas un ovale angélique,
Je rime à tour de bras tous les jours un sonnet.

Mon esprit infertile est souvent dans la gêne,
Mais j'implore Erato qui vient à mon secours
Sous les traits d'une blonde et jeune Parisienne

Alors, sur tous les tons je chante mes amours;
Le temps passe, et le soir, moins rêveur, au théâtre
Je vais voir des acteurs le visage de plâtre.

Paris

BIBLIOTHÈQUE IMPÉRIALE IMPR.

www.ingramcontent.com/pod-product-compliance
Ingram Content Group UK Ltd.
Pitfield, Milton Keynes, MK11 3LW, UK
UKHW021133230726
13926UKWH00002B/781

9 782014 056815